孙均衡 —— 著

时光尚有余温

文化藝術出版社
Culture and Art Publishing House

图书在版编目（CIP）数据

时光尚有余温 / 孙均衡著. — 北京：文化艺术出版社，2024.11. -- ISBN 978-7-5039-7739-8

Ⅰ．I227

中国国家版本馆CIP数据核字第2024BT1879号

时光尚有余温

著　　者	孙均衡
责任编辑	董良敏
责任校对	董　斌
书籍设计	姚雪媛
出版发行	文化藝術出版社
地　　址	北京市东城区东四八条52号　（100700）
网　　址	www.caaph.com
电子邮箱	s@caaph.com
电　　话	（010）84057666（总编室）　84057667（办公室） 　　　　　84057696—84057699（发行部）
传　　真	（010）84057660（总编室）　84057670（办公室） 　　　　　84057690（发行部）
经　　销	新华书店
印　　刷	国英印务有限公司
版　　次	2024年11月第1版
印　　次	2024年11月第1次印刷
开　　本	889毫米×1194毫米　1/32
印　　张	8.125
字　　数	50千字
书　　号	ISBN 978-7-5039-7739-8
定　　价	58.00元

版权所有，侵权必究。如有印装错误，随时调换。

诗人
只是一个长不大的孩子
学会了断句
却不知断念

目录

I 浓厚的乡思　生而唯一

- 003　总有谁知道
- 004　引力
- 006　共龄
- 008　家乡
- 009　老照片
- 010　忆姥姥
- 012　新年
- 013　写给母亲
- 014　家人
- 015　自那日起——写在妇女节

017　前夜
019　离家前夜

Ⅱ 浅调的遇见　未语成诗

025　未语成诗
027　花心
028　一见钟情，一面之缘
029　离别的诗
030　浅秋
031　爱不再来
032　再见
034　遇见
035　重逢
036　消失
037　不再一厢情愿
038　矛盾

040 雪，落
041 动情
042 雨
043 最
044 错过，相遇
046 美丽的贝
048 夏末
051 夜幕下的太阳
053 邂逅之后
054 风景
056 偶遇
059 重逢又别离
060 眼神

Ⅲ 青春的回味　绚丽多姿

065 离别

067　同学
069　童年和青春
070　沙滩
071　遗忘不易
073　青春的续曲
074　想起母校
076　质问
078　来不及的结束
081　美丽的景
084　时光走动
086　回首望去

Ⅳ 明媚的热恋　风和日丽

091　你
093　也快乐，也忘却
096　太阳

097　雪花

098　夜

100　春天的太阳

102　晨

103　渐渐

104　秋夜

105　晴天

106　醒来的初春

108　阳光那么近

110　花和叶

111　静听，夜的海岸

112　微笑

114　雨夜

115　干净的夜

117　春雨

119　静待

120　交织

121　初识

123　想为你写首诗
126　笑的传递
128　光雨变奏曲
131　气息
133　甜美时刻
135　阳光迷人

V 丰沛的景色　历久弥新

139　序曲
140　春
142　浅秋的海边
143　沂水行（组诗）
146　诱惑
147　八月
148　匆匆而过
149　细雨

- 150 落光·心境
- 151 夏季
- 152 天空
- 153 太阳的秘密
- 154 回忆若水
- 157 秋思
- 158 追迎落日
- 160 望海云天
- 162 近海
- 164 临海
- 166 清晨,一起散步大海
- 168 窗檐
- 169 车站
- 170 冷风
- 171 海边的风
- 173 流云
- 174 清澈海洋

Ⅵ 深沉的爱意　错落有致

179　归

180　致一首歌

182　归夜

184　夜

185　想念成雨

186　距离

187　小雨里，你走远

189　假如

192　四季的雨

194　望

196　不再爱情

198　夜深

199　歌

200　入夜琴生

202　相遇

205　离别之后

207 岁月写诗
209 化雪
210 被你的琴声
211 心河
212 想起
215 雨天
217 入夜
219 晨旦
222 轮回
226 末班车
228 回忆
230 星空下的你
231 你在听
232 余温
234 剪影
235 为你而眠
236 不再

结尾的诗

243　诗对我说

I

浓厚的乡思
生而唯一

001-022

夜雨易显漂泊

水涨先浮游子

总有谁知道

大雁忘不了何时南飞

因为风知道

风究竟吹起过多少浪

远行的水手知道

海上的月忘了何时圆缺

游子知道

可他究竟在外奔波了多久

家人知道

精细到一分一秒

引力

自宇宙爆炸的那刻

光子再无法回头

自出生的那日起

我们也只能慢慢长大

然后忘却

熵增的世界里

没什么能够往复

没什么可以永恒

可自宇宙孕育出这蓝色的星球

美妙的巧合赋予了生命的节奏

银河的璀璨从此有了方向

飘零的流星也成了画作

那一轮明月终被读出了周始
教会我们即便远隔也有相守

那一直守候的家乡啊
不远万里也容我短暂地逗留
家里那些熟悉的目光啊
不计日夜温暖着我的心口

共龄

就像总寻不到梦里的来和往
不知从什么时候
我们已成长到初有记忆那时
你们的年纪

黑洞把我拉进时空折叠的回廊
重合在一起的时间线
奇妙地
让人以现在的身心遇到那时的你们

此刻我不是小孩你们也并不年长
我以同龄的心态去看你们那些过往
不作那些高深的反思
也不说体会到你们的不易

同龄的我伴着正当年的你们

就静静停下来

欣赏春日里你们迷人又风华的容貌

欣赏万里晴空下你们年轻且有为的身姿

问时光有无亏待过那时的你们

问大地有无负了你们的理想

家乡的风不作声

却一直讲述着那些遥远的故事

家乡

原来我如此眷恋旧的时光
并不是守旧或者固执
是想念脑海中一幕幕那些
你们青春的模样
承认吧,远途的少年
此时你的志并不在四方
只在温暖的家乡

老照片

其实昨天,也都是色彩斑斓的
门框的漆面鲜艳且顺滑
插座也都崭新而利索
墙面是洁白的
人的肤色也都真实,亲切
院子里放满了花花草草,并没有褪色
树荫下垛满了清香,爽朗透心
阳光明媚,风光和煦
所以我们才按下快门
却留下一堆灰蒙蒙的思念
和不平静的心

忆姥姥

厨房的老插座还陈列着饭香
屋外的石榴树已长过铝合金的窗
还记得小时候那次调皮的玩闹
还记得中学离家时您眼里的泪行

我们就悄悄在远处成长
我们又一起回到您的身旁
想给您讲讲婚房
想让您搂搂新娘
我悄悄地看着您,一如既往

忽然担心起我变了的声
还能否唤起您记忆里我的模样
就像我想念您的时候

脑里一直浮现的脸庞

远行去学做人
可您是永远的相望

新年

新年最美
是被姥姥看大的窗台
小时候那同一个角度
又被同样的雪白覆盖

冬天不冷
因为家的门一直打开
家里的年和夜里的饭
我走出去又匆匆回来

雪,在飘呢
雨,化成花蕊
身,已回家
心,不再离开

写给母亲

小时候,您说给我摘星星

您知道我知道

那是一个,明亮的梦

伴我入睡,让我觉得比星星还要安宁

大了,我说

回家陪陪你们

您知道我却不知道

你们笑得比梦里还要甜美

家人

欢笑飘过窗台

风色变凉

飘出又飘回来

仰望天空,月光正好

盼你等我回来

自那日起——写在妇女节

自那日起
你随夫踏进婚礼的殿堂
即将开始这段与时光的竞技
我知你心内波荡

自那日起
孩儿的啼哭声传出你的肚囊
解了脐带和你十个月的结系
我知你心内牵肠

自那日起
他/她长大成人背挎远途的行装
你默然含泪含下一句句叮咛
我知你心日夜难放

自那日起

你端坐镜前却不再细细梳妆

但时光终带不走你的美丽

我知你心向阳光

前夜

多少个日夜匆匆而过

只有今晚

像她的眼睛

抬头即见繁星

我会永远记住那个笑容

隔空

铺在心中

心头

总在黎明来临前

降满寒霜——

比雪还轻

比夜还静——

来来回回

像一首儿时的摇篮曲

在妈妈怀里荡漾

离家前夜

离别的家乡是最美的城镇
最美的夜空里闪烁着星辰

今夜的星星格外认真
就像你微笑着望得入神
是谁的眼眶渐渐湿润
偷偷映这夜色愈来愈深
能不能再多陪我一步一寸
让我再多吻你一秒一分
透过你的眼看到圆月一轮
难怪月圆总有思念的光晕
最后的一曲演奏唯美入心
你的声音依然河水般流顺
捧起的微波在手心里安沉
心窝流过你细细的指温

感谢你一直陪我到清晨

黎明也有了如你的温润

总是
带着对故乡刚刚苏醒的眷恋
离开

II

浅调的遇见
未语成诗

023-062

黎明时的天
再多一秒也会碎
最美的相遇
多一秒就会爱上你

未语成诗

应当感谢这无尽的黑夜

让人看清在那白日的光辉背后

还有无数精致的繁星

感谢无数直下的泪水

把眼前事物的成像

次次从模糊洗到明净

感谢每次的相遇相识

当人和人分享起彼此被时光宠溺许久的温存

言语背后都是透亮且舞动的心

所以我想把每次无须寒暄的遇见

都当成一种享受

未语成诗

花心

总像爱惜羽毛一般

爱惜这夜晚

在最接近梦的位置

聆听心声

太容易被蒙蔽

重复的演奏让人

忘乎所以

只剩高挑且明亮的和弦

好晴朗地

能否

借你一世的妆容

搅我余生的花心

一见钟情,一面之缘

也许都在等待一种浪漫的相遇
第一眼就有五秒的深情和坚持
然后还是在相望的人海里消逝
留下一笔只甜过了舌根的唇语

离别的诗

那就再次为你写首诗

趁落日还没慢慢退去

趁回忆还没早早离枝

安静装不下太多话语

可谁能替代那些迷恋的声?

美的相遇总是华丽地消逝

你的微笑只在青春须臾

愿窗外还是那样细致

落下永不回头的雨

是不是真爱不得而知

浅秋

就像暧昧了整个夏天的云

幻化成一阵雨的味道

远远走来

呼吸里都是你亲近的欢笑

竟不觉间满是清凉的姿色

沉浸在这秋的预兆

于是那天的气氛变得很是微妙

你把手搭在我肩膀的一刻

有没有发觉

我从未有过的心跳

爱不再来

好想借你此时的色彩

向你表白

那些来不及的甜蜜

都沉醉在离别的意外

对不起

我还是选择了自由自在

用这种一抬头便望到的感性

掩藏那一开口便会有的依赖

爱不再来

再见

山不太高
却时有云水环绕
湖面直爽爽
映着过往的微笑
人影若时光一样
流过身旁
却没有痕迹
雨一会儿变浓
笑也湿润
好久没有凝固的时光
在你唇边结露
溅起一个别吻
只说再见
再见的谎言

飘进山间的歌谣里

夜色入深

连星也迷失了方向

遇见

遇见了你
也遇见了梦境

在冬日的海湾
你依靠着栏杆
暖着风景

地平线终于圈住了你我
只是,你在送夕阳
我在等黎明

梦留了下来
你却远走高飞

重逢

那一年
我把所有于你的纪念
都抛给了夏天
怎可以再次匆匆而过
还不时去回首眷恋

谁料一首近你的曲
又落入缊雨温存的湾
你总是用几笔勾勒
便把我偶尔的回忆点燃
就像我曾一笔留下你的美
蘸着天上的一角蓝
那些身边的晴天
都埋藏在四处的云边

消失

那一刻深情

在你眼里停留

窗外忽然安静

却不知会这么久

你嘴角像叶片般上扬

风开始静静地流

在何处交汇

明净如秋

你如同以往

浮起一片微笑——

依旧像天那样

没有棱角

不再一厢情愿

依然视作一次美丽的相遇
认识你，是在你忽然解了我的唏嘘
感受你，当最后一抹目光施给星辰
享受你，和着那一直都在的音律
继续走，趁灵魂尚未沉入一厢的期许
它本渴求一场漫醉的舞局
却误迷上一瓣飞落的风絮

矛盾

想把你忘记

又总在末尾就想起

想捧在手心暖暖地看

抬头却只能遥望

远远地望也只有背影

又一直不曾消失

让人不知该放弃

还是坚持

为何与你早早相识

却无法默默地相知？

即便把你写进一句句诗

独奏的文字也黯然失色

一段美丽若你的文字

一身动人的背影

适可而止

雪,落

春还差一步
才来到
微雪已经打碎在
你的眼角
那融化了的雪液
精细轻流
落入你的微笑
你浅不作声
却深深地相告
春只差一步
就来到

动情

我用不同的心情
回望着你同一叶过影
你的气息那样浓重那样纯净
沁入我心又浸入每一个场景

那一刻你只转身而过
却恍惚了我一整个表情
就像一夜细雨淋落的叶
分不清为秋还是为我

雨天里你朦胧的背影
落进我最深处的记忆
埋下一份触动的情
岁月催熟一场场生疏的梦醒

雨

曾以为

对你绵延的思扰

像雨浸透心巢

当我真切地体会

原来

洒在你身上

尽是些无谓的眷恋

你抖一抖翅膀

依旧潇盈如常

最

在你转身之前,背影是最美
在你绾发之前,侧脸是最美
在你展靥之前,望眼是最美
我很知足,你也一直丰富
最后的最后,最美的尽头
像一枝春档,结缘一只鸟
我没有挽留,你即转身飞走
一擦而过的肩,走在了最前

错过,相遇

最接近相遇的错过是过后才知的瞬间
最接近错过的相遇是遇到曾经错过的瞬间

你是画上碎下的一片
带着浅秋清晨的深蓝
落在旅人梦醒的路边
略知你多少深刻的经年
从那随笔题画的诗篇
也知你仍纯澈着望眼
透过画中碎月的云烟
你是否也曾寻箫至此
被谁永久凝结了瞬间

流水的节奏落在耳边
我沉浸秋雨的味蕾

把身前身后时光诉穿
微风也被曲声割断
溪净的爱意却最难言

起身抹去箫口的念念——
那一刻你曾拂动轻波的瞬间
偶然途中飘过的侧脸
终被暮色织错在屋檐

谁把寻来的曲声涂染
描画出你采云的眉端
画中你深深听箫的清晨
是我身起箫尽的傍晚
箫声尽头难留画中的人
最久的你竟在此时擦肩
我用已经疲惫的眼圈
结果若花纷繁的依恋

美丽的贝

像海边遇见的一页贝
世人眼里你并不完美
却有内心独特的纹绘
我怎能不俯身
拾起你积久的笑容
就若你也曾在大海的柔波里陶醉

你一定不会在乎
自己的美丽是否完美
诗人也望穿了你
弯弯的欣眉
只管极致属于自己的赐配

我也不再在乎

海浪匆匆把你接回

只管随风认为

是什么把海面的阳光打碎

而你就是其中一枚

因一页贝

记住了一片海

因你的笑

认识了一种美

来去之间认真面对

即使不能紧紧相随

夏末

又是一个不太深的夏末
淡淡的熟悉
映照进那久久尘封的心窝
你像阵风再一次晃过
让我知道自己的敏感脆弱

一叶叶
在这太早的时节飘落
带着青绿的颜色

回首望去
渐渐忘却了无端的烦琐
更加清晰是你的轮廓
只是忘不掉

只是依然喜欢

喜欢那阵触动心律的微波

记得

那也是个浅浅的夏末

一束落进心底的流光

我来不及闪躲

坠入你眼里柔美的旋涡

一页页

笔尖一次次流尽了水墨

想记住每次哪怕只是擦肩而过

只是

太少的时刻

只属于你我

太远的路途

望不到想要的收获

在一个花雨纷洒的季节

你又换上了飞舞的衣着

一朵朵

如今我看，那样的你

仿佛才是最美的结果

夜幕下的太阳

上次你走
已忘了是什么时候
永远找不到一个理由
开口
目光在你远远的肩头
轻轻停留

我深深地遮掩目光
只为更仔细地张望
余光里的你
像一首含蓄的诗

想起那时
你眼里最深的心境

最无意的背影

成你最美的修饰

你太多瞬间

我太多角度

跃动了灵感

转身之后

你没有停留

我也不再相守

我们总因为错过而忧愁

却忘了最初本一无所有

邂逅之后

当我沉静下来去回想这一天的心切

你的身影依旧让我呼吸不迭

来不及的相识匆匆默别

匆匆的白天仿佛已成很久前的世界

我用尽全力去追想你的笑靥

只是不能用画家的光影把你永久挖掘

时间的底片终留不住那不会再现的重叠

还好你的美丽不会就此终结

人生时常写下这样神奇的一页

就在那刻成就了一片动情的景色

越短暂的观赏心动也更直接

那朵画容在记忆的温室里慢慢凋谢

风景

每天看你轻轻的脚步

身影掠过的花香

时而浓密

时而稀疏

贪恋这完美的一幕

不忍看清你拐角尽头的路

每天看你不变的面容

每每都是新的触动

平静的唇靥似水溶溶

融化你眼里微微的冷

融后的春潮漫过眉梢

像一幅画卷难以推敲

你无与伦比的美妙

完美得让人无处着墨,无处仿照

你少有的微笑那样真诚

我却望见笑容深处的陌生

你我措手不及地相碰

就像一开始眼神穿透我心声

心外的呼吸依然平静

你也如以往步履盈盈

我用要走的心情

去珍惜这来时的风景

偶遇

第一天

独自的天空下松散的风

忽然飘过一阵心动

第二天

窗前还是片片落落地微醒

遥想你断断续续的黎明

第三天

我只读你心里最美的语句

为那昨天日落的光辉

第四天

夜半的悠声若风徐徐

有你的城市里星空作美

第五天
最亲近是在那同乘的电梯
我偷偷藏起了呼吸

第六天
你迎着清晨阳光明媚
背影声落温暖娓娓

第七天
你也许无意
随意许我写你的名
那种触动
无与伦比

第八天

我微笑着看你

天真地发呆

有你着色的未来

会不会很精彩

第九天

把起月弯里勾响的音律

写一首熟悉的结尾

扮作花落也能纷飞

重逢又别离

如往的夜里还有那点点滴滴

城市的上空却早没了你的气息

你转身去得那么彻底

说罢竟成了回忆

远远的发影变得迷离

哪年的夜空曾落下同样的雨滴

泪滴得你看不清梦境

像此时的我来来去去

不知夜深里有怎样的梦汐

短暂的几日像一场戏

我偏在角色里沉溺

场景美得流水落花

我陶醉在一双不曾有过的眼睛里

眼神

是你流动得太快

还是我竟痴迷得跟不上节奏

短别之后

竟浅浅地陌生了你的眼神

你弱弱的眼

依着苒苒的眉

一时间

开始慢慢流动

那流动着的温柔

渐渐舒了我

也静透了

久久未开的心口

不怕多晚才遇到

只是担心错过彼此身边最美的风景

III

青春的回味 绚丽多姿

063-088

轻描淡写的春意
只为那场唤醒大地的雨
酣畅淋漓
不动声色的笔触
像一款款浪花描画着时光
细致入微

离别

要从哪开始
才不会有句号
刚才你跟我对视
我也觉得都要哭
多一眼都看不了

至少你还能看到
阔别的窗外望云跑
至少你还能听到
往昔的话语像鸟叫

看不到要好
这样的情节最受不了

好怀念那些日子

一抬头就能看到

一个大大的微笑

温暖如初好

在干净的午后

看天，落雨

画地为牢

同学

从未说再见
原来也一直没有走远
我们只是过早地失散
随后消弭在彼此之间

回望那片的时光好远
但庆幸曾有彼此陪伴
仿佛我们还一起生活在某个桃源
一直,一起
那里有每个人最纯真的底版

越是经历岁月的磨炼
越感受到最初的美好
仿佛回到彼此生命轨迹的起源

回到那些我们还不喜欢快节奏的时光里

一种近乎回家的期盼

一如从前

童年和青春

童年和青春塞满一个人的回忆

记忆里尽是一群人的青春和童年

那些过去的日月都渐褪了辉煌

回忆却是藏在彼此心中的星光

我们永远是一枚枚时光的棋子

可只要有彼此

就能拼凑起一些格外的惊喜

沙滩

美好总是易碎的时光
我们傻傻打破了沙漏
想它不再往复地流淌
撒满滩上我们久久停留
用脚掌写下最细腻的感受
可生活的潮总太过匆忙
匆匆叠起不知不觉的浪
冲淡了脚印只留下褶皱
没了过去无处回首
竟不知该如何往前走

遗忘不易

究竟还要走多远

才能离尽那些过去的时光?

为何我每每回首

回忆总在海平处漂荡

我没有帆

去重拾昨天的浪

也没有勇气

来割断腐朽的桨

只任风吹来熟悉的气息

也只一阵阵地吹

依然在守望

吹出了一行行沙塑

仿佛用尽心力刻出的模样

不得不陌生的模样

青春的续曲

我知道

你一次次用明亮的节奏

只想帮我留住那年的雨昧

那个校园,那片场地

绿荫下金黄的年岁

凤稀樱落

飘入她的秀靥那么美

鸟群在天边盘旋

淡花谢了还在翻飞

她浅笑而过

轻轻沾雨的手背

在乐曲里

无意写下一个轮回

想起母校

想起母校
看她就在眼前
时光却不再从前
我像刚断奶的孩子
舌尖时时想起
不久前的温暖和味甜

看她就在眼前
曾经百般沉溺的湾
渐渐消隐在时空的海平线
雾擦尽了那些熟热的波澜
只剩零碎的孤灯,孤影
稍慰双眼

扬起了拘泥的帆

随风而散

质问

你有多久

没见过新鲜的太阳

能用什么

来换回那匆匆而去的时光

如果说

犹豫是因为还有选项

那你为何只剩摇摇晃晃

假如不是所期待的那样

你是否还会一如既往

你要的究竟是真爱

还是对你那长途跋涉的补偿？

更没有理由讨来忧伤

你是否还未明白何谓成长

难道你不曾羡慕

能有一双真正坚毅的目光？

来不及的结束

当眼前的一切渐渐清晰,又变得模糊
昨日的同窗刚刚相聚,又一夜间稀疏
匆匆的离散太过忙碌
一一望去却来不及一一祝福

其实祝福,也仅仅是个角度
好让各自的路上义无反顾
独自转身迈开终章的脚步
悄悄回首,那些面孔依旧亲切满目

时常怀念,那些有我们的一幕一幕
一转眼仿佛陈酿般甜熟
满满地顺着回忆溢出
用那些欢笑填满身旁的孤独

尤其是那条直直的大路
再没我们久久的驻足
海风依旧顺畅地吹过
我们心底却在发堵

直到此刻才发现多么在乎
却再不会重复那时的许多重复
再找不见桌上的一本本书
换作了肩上的行囊
踏上曾经拒绝过的旅途

也许，终要等到落定之后
才能把曾经的景色细细捕捉
远远望去，有多少
年轻的眼神曾在那里专注

有多少，你能记起的青春

在那里一晃就是永驻

又有多少，随着青春

成为那时我们永远的结束

美丽的景

有多少

你能记起的美丽心情

轻声回味

那些用心画过的笔迹

遥远的岁月

涓涓流出心底

一幕幕变得清晰

一卷卷

曾经日夜埋案的书籍

久香陈酿

一滴一滴便心醉了自己

尤其那翻涌而出的字里行间

渐渐成熟的气息

无关乎成绩

留下一滴滴映着笑容的努力

那是无心赏阅的思绪

竟成今日深深的鼓励

最无意中的天空

一直飘荡着花蜜

每一处树梢都绿得细腻

纯挚的欣喜

时不时

从平静的枝叶里

盛放出一个轻飘的身影

一个甜熟的憧憬

浅浅的相识

年轻而美丽

那样灿烂的表情
像一枚枚书签
夹藏在
一页页满地金黄的时光里

跨越时空的阳光依然充沛
永远温热在深处的四季
永远熟识在记忆里的心情
正是那些昨日真切的身影
成你今天美丽的风景
更加相信明日的黎明
生生不息

时光走动

时光像一摆　任性的钟
总在你我静止时走动
不知不觉不已地相从
回首之间　昨日的昨日已成尘封

好久不见　你衬着夕阳的笑容
爽绿的夏季　都散尽在风中
风褪去了微微雨湿的天空
谁能想到　背影竟会那么浓

想你的时候　想遍了美景重重
想你的时候　心头依然尽起波动
用你静止在那时的面容
催熟了一场　又一场的梦

绵长的梦醒　又一页时光匆匆

太容易看穿　多少青涩懵懂

踏着深秋入冬

再美丽的回忆　也没有收容

失忆是种独自的隐隐作痛

青春终有一次相知相融

而后你我消失在　彼此的挽歌唱送

歌声勾起另一段　淡淡的相逢

轻声唱起年华里　那些自以为是的厚重

多么希望　能有一摆任性的钟

让我们可以　在静止的时光里走动

回首望去

你在那里

年华似锦

丰富了岁月的痕迹

不争

也不急

逝去的日日夜夜

都沉浮在

你抿不去的笑里

碎了年华

洒落满地

我该从何拾起

你让阳光

也难以寻迹

过去了的

你都埋进回忆

就像来年春深时的树

深深地开在眼睛里

所有人的叫历史

一众人的叫回忆

一个人的叫怀念

IV

明媚的热恋
风和日丽

089-136

这精致的天空
是用谁的微笑融化而成

你

你总是第一个就醒来
像浅春的玉兰花开
等不及叶的繁盛
仿佛一种静悄悄的偏爱

一阵轻雨随又袭来
用你提前编织的节拍
枝头绿意微微盈盈地笑
你给的时光如此欢快

微风徐徐流过心脉
早却不慌张的姿态
引领人群的石头小路
宁静湛蓝的一片海

微甜的阳光也迫不及待

再添一笔美妙的色彩

你又作飞鸟拥入云端

游云和浪花在你手心绽开

我像一个懵懂长大的小孩

恬静的时光里遇见你

给这似水流年一个满怀

也快乐，也忘却

风随着桂花香
我因想你而快乐

也因想你而静默
闲云飘过春潮渐起
你却如往忽冷忽热

不是没有话说
仅仅想念已是不可多得
天上一片晴朗的蓝色

春光乍泄
心头也渐起绿波
一片盎然的景色

如往想你

也懂干净地忘却

似云游般创作

以天地为内核

爱与不爱的纠结

浓或浅不见唇舌

万里江河

再没依依不舍

来来往往

青春不负舟车

日月长歌

时光如梭

就

把你封存

这归于时间的执念

恐怕要用一生来离别

太阳

太阳担心我们看不到它的光
就在人群里种下花花草草
谁知这心细的小伙子
只把温婉明净的姑娘迷倒

太阳担心姑娘找不到痴心的情郎
就在她脸上藏进阳光般的微笑
谁知那粗心的小伙子
竟跋涉了万里方才找到

雪花

微笑带着诗开始叙事
那时的曲也化成了歌
你我在落雨时相遇
如今的话语缓缓飘落
落叶都还来不及言尽
每天想你像一首首新作
作别之后便仰望星空
那雪像脑海中的花朵
一样的风又吹向了你
你微笑像艺便也不再寂寞

夜

只一抬头便是那片星空
当前一刻还是你的眼睛
往复着荡漾在这样一段曲奏里
从此夜过便是黎明

那当然是该有的光明
从夜到你再到那样的一颗星
你说星和雨是如何变奏
你的笑容又怎样被写进这样的音

是啊,你一笑就让人敞开心怀
就像夜一近就点亮了繁星
我说那天空是不是我的倒影?
然后怀着星和你安沉的表情

最后的美妙停顿在某样的安静

那是今夜你从我眼里望到的自己

春天的太阳

待到哪天风和日丽时
当身旁依然安静
再为你我写首诗可好
充满你的时光里
写满我的笔名

待到哪天风吹尽细雨
当身旁落叶如往归枝
再为你我唱首歌可好
你微笑的时光里
你的眼睛像那晚的明星

待到哪天风起发满蜜
当身旁鸟儿筑起连理枝

再为你我开扇窗可好

握紧你的时光里

十指间全是同样的表情

待到哪天风飞云飘静

当身旁只剩一步距离

再为你我落个吻可好

走进你的时光里

抬头望见一个个黎明

待到哪天暄风沐春雨

当身旁回荡起那些这些诗

再为你我谱首曲可好

拥有你的时光里

好像呼吸都沾满了四季

晨

最喜欢这样一个早上
欢喜的天空还只微微明亮
昨晚那曲子像落叶般回荡
在眼前心底铺满金黄
起身而来的清爽
淡淡的雨味也一直挂满了窗

就走在这样一段微妙的路上
天空正挖掘出最后一张绽放
昨晚翻过了铺满叶香的金黄
你的身影随音符阵阵回响
起身走过昨天的地方
脚步轻踏进你正安睡的窗

渐渐

天空好久含了一片云
终于爽朗地到来
就像小时候的糖夹心
最甜总慢慢化开
喜欢一个人也是如此
黑夜后才唤起的光彩

秋夜

这个秋天又来得小心翼翼
就像初恋时的亲吻
每次触碰都得那么精细
就像每一首想你时的诗
仿佛总是最亲近的距离
心情好美丽
就在夜里梦见了你

晴天

总有种恰到好处的色彩

叫作雨后的晴天

像你阔别多日的那人

送来一片微笑

不偏不倚

总在忽然静谧下来的夜晚

偷偷想念起白天

天色下藏着某种格调

就像已经忘记的那些诗句

偷偷想你

醒来的初春

六点钟的天　刚好不太亮
一种陌生的灰色落满街道
那是融化的寒气
停在树梢

雪终在你手心慢慢化开
受不了那一团的欣喜和温热
耳边又响起一同听过的雨声
黎明的天有种甜甜的味道

想趁这微熟的节奏沉入林中
却望见浅滩处也有一抹蓝轻轻停靠
恰若用你的瞳色与天空调和的颜料
爱得如此心血来潮

南征的一列列候鸟

也已吹响北上的号角

碧泪打湿走过的每一身光

山前是崭新的一大片草

问候声像旁边安静的鹿

轻拾你昨夜入睡前的心跳

阳光那么近

那一线有你的阳光
错过便再寻不着痕迹
我像一朵焦急翻飞的蝶
采摘每粒关于你的花香

想轻轻经过你筑梦的身旁
蘸一眼你微浮的笑靥
是否梦见最初相识的那刻
你我曾交融难解的目光

我轻跫着星光走过
所以听得你梦里的流水声
随后静想着你入睡
所以梦深尽是你散落的余光

想你的夜那么长

还好梦里的阳光那么近

露水在花前给养

一眨眼便是初香

醒来听你道来远处的景

仿佛风捎夹四季的衣装

花和叶

你似繁花

开在温熟的节气

因为有你

我得以伸展躯体

春光不妖

轻把你笑容捧起

春风不钝

愿同你日夜相依

静听，夜的海岸

独自相遇

这美丽的夜

星那么近

像恰在身边

正如这曲

流过耳畔

搂一汪彻夜的星

在一片沐风的湾

夜最深处

只剩下月

就像听一首曲

在想着你

微笑

冲你微笑

仿佛,停在枝端的候鸟

倾听,这跋涉千里后的静好

不想飞去

不想被扰

只梦求一个怀你的拥抱

想起了来路上的艰辛

想起了曾遗落的羽毛

可只一眼为你所熏染

我即重温起心跳

吹落的时光在你唇角

溢出了光照

响起那年夏天的乐调

我们以为错过了彼此

却又重逢在一抹微笑

雨夜

窗外有雨在飘洒

曲声轻轻地把你融化

学时光含住你

一滴滴咽下

像雨顺着叶脉

一股股流下

在你酒红的长发

描透了夏

干净的夜

今夜你像樱花飘落
恰如当初轻轻走过
你给的雨积攒太多
伴着夜空零星闪烁

清香扑鼻沿着月落
最美的景打在水泊
时光再燃心的轮廓
不起风声不降流波

思恋日久终难一诺
多少挽留不及诉说
原来风吹即是别过
吹响的叶独自蹉跎

今夜你作樱花飘落

留下一曲四月的歌

春雨

你再次浮现的笑
像第一场初春的雨
微甜的雨

带着一丝清凉
融化了冬季
也一滴滴
把心沥醒

好久未曾
打开窗
雨藏满每一缕空气
落在蔚蓝的窗

击起一圈圈波纹

我看到

你的笑

圈着我的笑

静待

轻轻浅夏一朵花开
让我轻轻把你想起
想用一整片地平
来等待一线契机
一丝有你的光明
我已张开了羽翼
用那些翻飞的曾经
和被你穿透的魂灵
合眼去触你的安静
一寸云也侧耳倾听
你心里有什么天地
这海能否映得究竟

交织

再一次梦到春雨飘零

和一片呼唤你的风景

就在梦最浅处的黎明

伴着落潮的微波荡醒

开窗即听的鸟鸣

放眼尽是天净

一滴雨滑落鼻尖

捎来隔空的风清

风里有你未尽的回应

你的声描画你的神情

初识

初次认识你
就萌动些许微妙的喜欢
——只是后来才发现
当再次与你一起而欢喜

一起讨论未来的未知
就在设想一个世界里有你
——只是后来更仔细
当我默默看着你时

像一缕缕明媚的晨风,微寒
却捎来整朵绽开的天际
尤其每每与你眼神触碰
轻轻就激起心里的涟漪

微笑而后呼吸

那是我记得最清楚的你

——和一个模糊的自己

在那一刻渴求安逸

想为你写首诗

想为你写首诗

稀稀密密

挖掘你身上每一丝的美丽

花一样满包馥郁

一层层剥落

你句句诗意的外衣

像偶遇新事物般惊奇

又逢旧物样的欢喜

想写这首诗

收走我身上每一分平静

化成你眼中

清雨滴答的

纹理

脚步在一起

青绿漫过脚踝

每一步,每一句

没有迟疑

或相依傍在那里

用你玉白的手指

轻弹着琴键

清爽流利

像浅海的每一缕浪

清爽流利

我写得尽心

埋入你绵绵的秀发若荫

即使

当秋的萧寂

渐渐散开繁花盛开的气息

回忆的模糊

也记不清你水灵灵的魅力

可你的真切生动

我还浸了一份在行间字里

而且，而且

还有那每一次

一次次的

天高云静的风和日丽

笑的传递

想笑得更灿烂
像朵太阳花
那花根
一直绽放到深深心坎

在那幽静里慢慢舒展
我用张开的叶掌盛满
珍藏已久清冽的露泉
亦想让你同样笑得甘甜

你微笑绣在随风的裙衫
仿佛落满雨花的湖面
无论欢聚或是孤单
总能带着希望入眠

梦里嗅到阳光的沉淀
是否就像贴近晴空的纸鸢
不用担心那即逝的斑斓
终会渐渐内蕴成习惯

在任何一个初晨醒来
都看去那漫漫云天
一寸一寸编织着视线
从深邃里变得湛蓝

光雨变奏曲

今晨的梦醒　格外清新
仿佛听到了你的声音
就像晨光微微湿润
轻轻的雨滴映入你心

你有多少这样的轻声细语
打湿的玻璃微有些光絮
想象你是最美的瓣影
想透过便能倾心相遇

遇见你半掩一侧的面颊
时而躲藏却飘逸着秀发
总也猜摸不透的神秘步伐
你的笑容是春天的笔画

四处浮现意犹未尽的景
深深埋进这欢欣的奏鸣
我扌开了发现美的眼睛
笑容也不自觉地放晴

照耀在我最深处的心地
给我望你更深一点的理由
你一直若雨的气息
滋养那温庆上的花蜜

绽放开初春的层层叠叠
扑面而来似曾相识的亲切
每个春天都是同样的书写
有你却是再翻不去的一页

羞媚的光总在一滴滴的雨中
而你是它们最美丽的象征

且不知能否与你相逢

临近了便有清新的梦

气息

有你的城市　格外亲密

到哪都有　你的气息

独自穿梭在匆匆的街巷

仿佛熟悉了来往的每一个身影

也悦赏着每一个过往的表情

我用你给的心情　映入每个人的心底

总觉得　你就在

前方的某个背影里

或许早已

偷偷注视我的一举一动

是不是都想象在一个拐角

遇上那种期待已久的措手不及

突然笑得好甜蜜

尤其那夜的独窗

放眼望去星空好干净

喜欢这样清澈地想你

想你就在身边平静地呼吸

陌生的城市里充满了欣喜

点点新意缀满了你的美丽

甜美时刻

听你弹奏

手指最深处的琴声

吻你唇边

当呼吸变得平整

简单微笑

深望去彼此的眼瞳

浅斋融融

每每会心都是甜美的一程

随风赏尽

繁华的城市叠叠层层

牵手游走

顺着霓虹着缀的路灯

抬头舒心

树枝描画的月微冷

贴你腮边

一场捏不醒的梦

阳光迷人

被注意到的阳光

开在你灿烂的心扉

动人 宁静

湛蓝的天空里

依依白云

来了又去

粒粒花香

藏在草原

油油无际

倾向无尽

明丽的天地

这么迷人的眼睛

微掩上窗

忘记你的眼神

难忘的夜总有夺目的光

我们的欢乐把好多星星点亮

V

丰沛的景色
历久弥新

137-176

四月的云被五月的微风打碎

蓝色的天有绿色的树儿相随

序曲

一缕雏春飞过天边云际

爽朗的清晨醒来

淅淅沥沥的雨作留白

多一分清爽

又是一场熟悉的喜出望外

身旁的灰白

即将漫尽许久未逢的色彩

人们告别了雪的思念

一拥而上这明静的新欢

涟浪奏起了序曲

一首昂扬的赞歌

能否听得人群中交响的心脉

明朗的心情醒来

涌入大地的深怀

春

听闻

你又悄悄舒展开甜嫩的双手

一如既往地梳理起妆容

又是一轮盎然的旋律

白净的海浪为你合奏

风大概最经不起你的挑逗

不然哪来的万里晴空

那别致的深情来自广袤的海际

拂过你

扑进灵魂

你也欣喜

想把万物都填进画卷

把一滴滴暖意注入人们的心流

阳光铺展在纯蓝的长空

远处的蓝

到近处的青

渐深的樱

和渐淡的海

就在一张张印满朝气的脸上绽放

笑意变浓

浅秋的海边

一袭秋的寒意褪去了人海人潮

海陆之际又淡出迷人的色调

心之所及都变得纯粹起来——

指尖

和抚过的每一根发梢

时间

还有明亮的欢笑——

笑声里提到一群归岸的海鸟

那洁白的海浪来自我思念的心跳

沂水行(组诗)

第一站,竹泉村

竹泉村的泉映着竹和泉

你我交叉着走在你我间

秋色细微渗透了呼吸

脚步慢慢漫过了山

竹泉村的我们频频驻足

你和我交叉听着泉和竹

美丽的微笑染给了秋

和那棵开满花香的树

第二站,临沂溶洞——写给大地

两步就迈到大地的怀里

三眼就望进你的心底

原来一直有最贴近你的距离

那儿有清泉、白石和晶蜜

漂流吧

顺着你的血液

融进你的呼吸

我们说好静静地来

然后唱着你的歌儿离去

终点站，青春

好像来之前，就已经来了

正如当昨夜天还早，我们就满满装上了行囊

就像装之前，就已经满了

里面有一款款期待、一串串活力和一打打阳光

山上是干净的雨

雨里透着我们的光

身旁你我明亮的笑容

和着和着就唱起了歌儿

你听鸟儿也闻声飞翔

汇入秋色清脆的山林

我们就像那一双双翅膀

望远后又回到彼此的港

一起微笑吧

朝着窗外最淳朴的田野

一起相拥吧

携手背起青春里满满的行囊

诱惑

起初据说是一场雪

结果化成一阵调皮的雨

当我提神望去

却瞧见一片亮丽的星空

就说吧

经不住每一次美妙的诱惑

八月

这一月

雨不再肆意

绿也深透了

天空渐想起了云和蓝

匆匆而过

属于城市的那种熟悉的气息

浸透在每个细胞里

霓虹,微冷,喧嚣,海风

说不出的内心

一段回忆

要么就完全忘记

要么就一直沉迷

最怕

这种偶尔的匆匆而过

细雨

细雨的日子

总想起江南

就像当初遇见你

不知不觉地延绵

云那么低

绕不过心坎

细腻的空气

都浸透在乐曲间

春的泥土被洗礼

轻唤着夏天

那一粒粒新芽

就像琴声跃出你指涧

你是否在弹奏的时候

也想起了某个雨天?

落光心境

此时的心境
明亮而干净
款款思绪情意
如流水缓缓而释
哪怕只一块碎石
也绕得那样优雅　精致

远远地看
一团安静的波纹
散落上几片光痕
在心底微漾不停
阳光变得很轻盈
恰好的距离　敞一片天地

夏季

天上开出花一样的云朵

香味散落在爽朗的夏季

夏天的人笑得格外清澈

天晴的人穿梭在街巷里

天空

你偷偷地作画
我偷偷地写诗
梦醒了在你的怀抱里
像个孩子在做你的梦

太阳的秘密

又是一个这样的节气

你静静地依在云层里

描着眼线和眉影

望来望去

幸运的人能知道你的秘密

回忆若水

回忆若水

在你毫无防备

自你最软的肋

缓缓地流

沉降了大喜大悲

循序演奏

无论何事或者谁

若水柔媚

像潮浪的吻痕

像清月在描绘

静静悠悠

让夜涧 让暮湾

落尽淡淡的美

若水灵慧

当侬倦了时空

在侬渴望深邃

捎来哪日的雨

为你那日的味蕾

若水温慰

陪你尽情欢醉

趁你浅浅地睡

叙一款旧旧的情

圆一汪如镜的年岁

若水青翠

带你飘游长空

催你只一滴泪

无论日久

俯瞰那时的笑脸盈盈

笑即所有

藏满一整片雨林的珍贵

秋思

想起了你

在这

未逢冬日的料峭

已往的景，一叠叠

像纷飞的鹧鸟

就在此时一片片，响彻

秋山的歌谣

用一瓣尚绿的叶

从天空借一抹微蓝

泛在凝霜的花苞

追迎落日

缩进自己影疏的一隅
仰首望去苍茫天宇
把心架空
平静地去体味最后那一抹

悠淡的暮光
那是云天的最后一件雕琢
许我最后一次心驰神往

徐徐送晚的清风细语
我寻得这片刻欢愉
远远的天侧着脸
投出最后一汪眷吻
致那柔蜜而鲜红的夕阳

我也偷偷把天临摹

化作心内一种美妙的晴朗

一天很快化作过去

钟摆只剩几刻残余

云边那融化的轮廓

正试着越过地平洋洋地追想

就用这镶云的色来点缀

仿佛能看到

天极处日升的第一丈

望海云天

望海的天空

尤其地蓝

飞向那远处的漫漫云天

把视界的每一方浸染

我总想说服自己

去以为那海和天

在某处汇成了一体

去以为那云

也是天映的波澜

那天空啊

你可曾知道?

人们一直眷恋着你的蓝

抬头便能相见

就像你依恋云的渲染——

久久相伴

究竟是你恒久的色彩

还是云的变幻？

让人深陷

让人释然

近海

横置起时光的沙漏
只在这一刻
把思念的积久
换作与她会心的邂逅

一步步在沙滩上走
听身旁浪花的节奏
不禁舒展开视线
眺向远处慈静的漫漫洋流

为太阳起奏
用她静静的潮
把热烈拥入怀中
阳光扑面的温柔

明煦而辽阔的浅昼

一遍遍把天洗净

一层层把云敕清

云天着色的通透

那散云偶尔化出点点白鸥

羽翅归翔蓝天

却把心放在海面 漂游

我也好想把心跃起

上那傍湾的山丘

眸开沉睡的双眸

浸入她无尽的宽厚

天际线上一尾远帆

她迟迟 迟迟把它挽留

扬起帆，握紧风的双手

临海

再一次临海

是用这

深夏的半日时光

温煦的风

还是

在打理着海浪

青岛的阳光

依旧亲切而爽朗

仿佛少年的笑

直洒心上

蓝天和散云

用简单的手笔交衬

我能想象

远远的

那没有一点污脏

随意一条

树丫错落的街巷

枝叶青透

值得心境在那里涤荡

此刻

我相信

眼睛真是一扇窗

在我想开时便敞开

重温的美好

值得每一眼

清澈的目光

清晨,一起散步大海

要多深的睡梦

才能催生

那样一个浅浅的早晨

清澈的阳光打在叶间

溅起碎碎的落影

要多久的雾霭

才能换来

那样一笔悠爽的海风

用浓了一整夜的笔墨

描画静静的云彩

要多深的纯真

才能看透

那样一个盈盈的早春

轻挽起长长的衣裙

奏响欢快的步韵

要多妙的心律

才能相识

那样一段深刻的乐曲

依稀在节奏里的美丽

映出生动的语句

窗檐

冬日微寒

冻深了你的窗檐

躲起的双眼

结了一层浅浅的冰瓣

一场冬眠

催熟了一场梦田

深深的窗里

来春又是新甜

车站

四五点的天

暮色不沉不浅

车窗就对着站前

离你那么近

气息蒙满了天

温热的心跳

只一瞬间

又一次相聚

又慢慢走远

我思念那每一个

关于你的身边

冷风

风吹散了人影
没有人的路上
灯假扮起繁星
再美也驱不走寒冷
只有你
化却了冰
冷风继续吹
夜的指针那么安静
只感受你的吻热
看夜凝住你的神情

海边的风

五月的你

是涂满枝头的樱粉

想念你

是心海荡满波光的起因

海边的风

像轻落你额头的一吻

似阳光

恰好的温柔落在干净的晚春

夜很静

刚好透着你的体温

风很满

尽是日落前的浪花波纹

想起你

夜里星辰也格外认真

喜欢你

是青春所以盎然又别致的资本

流云

天边出现

醉色的流云

冷冷的轮廓

不远也不近

最美的距离

应该就是那样——

可以随着阳光　变换心情

静静的流云

远远的姿色安好

没有风雨的纷扰

没有凡尘的喧闹

但愿来去回往

都是经你湿润过的阳光

浇灌着我留下的影

清澈海洋

清晨还未现你睡醒的脸庞

那浅润的红光

便已铺就在辽阔的远洋

那光偷偷铺在了海平

还带着些夜的宁静

不觉便泛起若你的明亮

你总来得不声不响

轻轻地踏着浪

想望便能望清

清澈在那湾海洋

呼出的浅浅白气

显露着春的稚嫩

她却在这一次次雨冷中 坚定

VI

深沉的爱意
错落有致

177-240

今夜的月不圆
但笑得很满
夜很冷
星星并不孤单

归

你听落日对世界留下最后一句叮咛
温柔且深情
叠浪为天地唱诵着最后一曲礼乐
有趣的灵魂在回应

万物归途
而我,归于你

致一首歌

那就再起一首诗吧

为你再望一眼星

多少年没再有的开怀

又忽然挂落在身旁

秋天你换上素白的装

秋叶你总画满了墙

秋水漫过你的脚踝

秋风爽过你的手掌

奏响就绽开了天堂

一颗星守望在天上

你帮我打开深情的格局

却难让谁始终在左右

那些未曾有过的浪漫细节

都温存在每一个节奏

随你再过一遍路

随你再染一夜霜

微弱的风喜欢轻轻到访

橙黄的灯结满路旁

归夜

路走得越远

心离得越近

旅途越是安静

风景越富诗意

听晨曦的鸟落声

镜花漫上向阳枝

那些浪漫的话语

到此时才渐清晰

你不曾想到的浪漫

都成了思念的方式

你不曾解的风情

想起来就是光明

你我再见的那时

天会有多少颗星

天有多少颗星

就写多少句诗

想念一个人

和写整首诗

夜

时间终于如约地安静

也唯有夜能懂你的眼睛

我记得只在这两个时刻有过的

——动情

这么近,那么远

望你的眼或月旁的云边

像光暖在心底,却又远来自天际

临睡处,过街的雨

打碎了你沉落在水面的倒影

像遗忘指尖的一曲旋律

在此时重逢,动情

你又用微笑调了一夜美酒

醉我的梦境

想念成雨

想念成雨

刷亮了你的双眼

余我一路上纯净的蓝

映你的神情

和你安睡时的琴声

多想凑近去轻吻再别

再见好远

愿时光会飞

且停留在下次相见

距离

你之所以觉得我深刻

是因为相距太远

像星空

深邃却难以看透

离近看来

其实

我对你只是一层浅浅的湖水

只一层

却映落着整个星空

所以

你觉相距太远

小雨里,你走远

冷静得

有些隐隐透香的春雨

轻落过你的侧影

我闭上眼

美妙的时刻都交给你

只觉你比我更懂珍惜

就像在这微湿的空气里

你躲着伞,迎着雨

我总猜不准你的步伐

果然你比我更懂天的思绪

那刻的雨在你眼里

就像你曾落入我的心底

夹着樱花的风

吹散了你我最后一枝唇语

温暖且无声

假如

假如

我有时光般的安静

透过云雨

穿过花枝

多想

静静去阅你所有的曾经

假如

我能曲乐样地递进

一声响

一声落

随时

在一瞬间解了你的心情

假如

我有季风样的身影

时而温柔

时而果毅

便能

拨开发鬓同你笑容相迎

假如

我有湖水般的耐性

映你的裙摆

因你而波动

就像

敞开窗接你眼里的天晴

假如

我有地平般的灵通

既能落梦

亦韮启晨

我愿

厈群星数你寻过的光明

四季的雨

想你时的心口
细雨难透

你要走
我来不及抬手
多少句挽留
在你转身以后

阴云渐解
时光却变厚

雨不再下
化成了人流
一个人往回走

回忆淹没了路口

目光停靠的肩头
轻轻挽过的衣袖

怎样的细水才能长流
回忆不够
思念太久

像四季里的雨
握紧你的双手

望

我只是

空白的一纸波浪

经不起

你太多次目光

在你看不透的心底

从你刘海遮挡的方向

恍恍惚惚

映你的脸庞

温暖如窗

打开窗

你离海岸那么近

远远望着

让我

分不清波浪　和你的长裙

总零零星星

你回首

便搅动起风声

被吹醒的天空

披着灰薄的纱巾

在忆一个梦

离蓝那么近

窗前落满了云

一直

到你的一侧

几只律动的鸥

想随着——

总在目光交触的时刻——

你谱，我写

不再爱情

不想走过
那些昔日的景
也不想见
最初的表情

那些有你
才会有的夜深
和那些
没你
而留下来的人静

落一样的雨
却不再是
同一季的夏

再甜的蜜

也只是

花的曾经

夜深

一声乐起

因你

也因夜静

一句诗落

为你

也为夜深

一同如何

你奏

我跟着和

一道望去

月湾

湾进你我

歌

有些歌

就适合在夜灯的城市里响起

澄亮的街边

太多的过往

才有那一声的既定

有些人

就适合在明亮的歌声里亲近

清澈的话音

多少次回响

又唤起心底的潮汐

入夜琴生

夕阳
可因一片云
燃作一团
马驹
奔跑万里
驾起阵阵无形的风
舞动整片草原

你只流过
若水
若泉水
若蹚过泥土的泉水
夏日里的泉水
当柔波触响了琴弦

你眼里映满了天界

因那一片的天光
因那泛满的星辰
是夜
是夏夜
是你落在湖面的夜
缓缓入深的夜
当指尖跃过了琴键
你心底也尽是季节
属于你我的季节

相遇

无意的一个转身
然后凝滞
只因为
那忽然间的地平

望海的心
若是偶遇一片草原
那样的落月
该漂向何方

风向的一侧
我以为
那是浪迹的云
是的那是

浪花的痕迹

只是
有多少白亮的浪
能陪我们入夜再入梦

云无意漏过
一颗远远的星
明亮而专注

湖面的星
打在湖畔,一滴
一滴
一滴

纷纷
纷纷

纷纷溅起

一片片雨的气味

丰富

夏的星空

飞溅出了梦

离别之后

每天

看太阳落入有你的方向

用夜色

她把你轻轻裹藏

每次

太阳落在这静静的湖上

打碎成

一片片均匀的星光

每到

我得以没有尘埃地仰望

竟都是

放不下的念念不忘

多想

拾起一整束郁金香

就好像

第一次你蔓延纷扬

即使

没有你在夜的身旁

也试着

去寻找跨越时空的希望

捧起

那颗颗散落的幻想

想你时

填满了那些漆黑的空当

岁月写诗

我想为你写首诗
借你青葱的年纪
把因你而起的美滋滋
幻化成哪怕一句一词

从你一叶的背影
识得了一道风景
又因重逢的曾经
熟悉了一种动情

你手捧好久的一朵花
忽然绽放成一幕晚霞
我出神时你一晃而过
来不及挽留你和日落

于是反复在春夏里寻找

那时离你最近的味道

不知激起了多少

离你遥远的心跳

你低着头

却是最接近了天穹

你弯着眉

我直直落入了星空

化雪

窗外的雪

化得淅淅沥沥

奏起了那年

关于雨的记忆

那时的雨

下得绵绵细细

勾勒出那年

最美丽的你

那副笑容

画得静静谧谧

就埋藏在那片

关于你的雪地

被你的琴声

提笔

你正轻拂过琴键

叶落的湖面

像你的笑容不减

这冬日

已绽开了半边

好想

挽过你另一半的湛蓝

在某个

想你的彻夜难眠

在某颗

被你打动的星星前

倒映出

梦里的心动漫漫

心河

我把双眼投向深夜

想从记忆里寻你一丝微光

耳旁乐曲一直流淌

落入你心内平顺的河床

拥我进你亲切的梦乡

我选择在那儿将你遗忘

遗落的碎片飘回天堂

填满心头那弯新的月亮

我见过的最美丽的月光

落向那一页页你心河的波浪

刚刚还是眼角微微轻扬

片刻已在心底徐徐激荡

想起

多少个日夜
几本日记
跟着我颠簸流离
就像随之的情愫、回忆
在孤夜的荒野里
自己陪着自己
苍茫,萧寂

离你
越来越远
离未来
无期
人总得往某个方向流去
我却在自己的旋涡

游离

一次次执迷
仿佛钟情于这样的场景
在最孤冷的夜里
念起和你最温热的话题
模糊里
挣扎着寻一丝清晰

时空没能留住你
却留下一个孤零零的自己
一个时而被你淹浸的心堤
微笑依旧
徐徐
不熄
把起我微弱的脉搏
在这一刻

想你

轻轻

轻轻地

用花落般的心跳

一页一页

打开你曾花开的美丽

像那时努力试着倾听的你

一张一翕

雨天

那时的雨
一滴滴下
描透了
想你的一笔一画

明静一笑
你甜美得要化
被徐徐微风
栽入时光的流沙

如今的追忆
一倾而洒
模糊了窗
竟让我不知在哪

零乱中纷找

被你浸湿的那种夏

在陌生城市的雨天

自作着干枯的挣扎

入夜

深深的傍晚浅浅的夜
时间就在此刻交叠
用这一线内外的安静
捧起你我交织的神情

风很稀松云很轻
却描浓了你微微的侧影
茫茫人潮捕捉到一瞬
便总往一个方向分神

直到
你随心还是有意地转身
像阵雨袭过小镇
我收伞望见整夜崭新的星辰

波澜荡去夜深的孤寂

我乘着你给的光芒

微弱但很真实

一直到那如梦的沃野万里

晨星

夜色留不住你的美丽
却反要随你而去
你不知道
你不知道的自己
给我带来过多少黎明

就是这样喜欢你
隔着清晰的距离
明知的遥不可及
却只想不远万里
再多追来一寸有你的地平线

像候鸟一样迁徙
我的日夜都是关于你的节气

只是心不由得叹息

好想化作真正的飞雁

唱歌给你听

可我一直就不懂珍惜

那些夜的末尾干干净净

多少次错过

只需仰望

便能尽收眼底的风景

你却从未把我抛弃

那一刻的那片天际

一如

那一吻便接过我嘴里的獭祭

只要我轻把你想起

就像灵魂深处的约定

催熟我朦胧的微醒

突然发现

那么多的星子

为何偏是你成了唯一

也许是我自作的机缘

可你是否也在期待一个天明

轮回

寂静的夜空

当我的窗还未熟睡

你奏响的乐曲声声落坠

细细回听

你走过时的某个笑容

已成最后的轻脆——

看着美妙

回想却易碎

闪烁得那么单纯

掩去属于你的美

远远落去

你的身影随风翻飞

错过的挽留

我独自站立着

来来往往去去归归

穿织交融

一边遗忘着你

一边期待下一次轮回

仿佛

又往回了几百个年岁

又回到

山间还是一片淡淡的绿地

阳光打在稚气的双眼里

散发着青翠

就这样

再一次初见你的眼眉

那时你站在那里

相互一笑便开出了蕾

我记得

整整一天没有往回

也不知

是谁跟着谁

路是走一遍有一遍的景色

迟迟不肯放开你的手背

最后深深望进你的眼睛

那里映现的草地

开始长出新的天竺葵

多少不息的星空下

一直相陪

你平静的表情

和天一样深邃

要是有什么

能穿透时空的枝赘

我愿用坚毅的目光

来等待

下一个轮回的结尾

末班车

末班车的星空

安静而凝重

想起你的眼神

在淡雾里朦胧

末班车里人影空空

抛却了事务的繁重

干干净净听着乐曲

单纯的心动

过眼而去的霓虹

飘荡在这惹醉的迷宫

带着浅浅的醉意

末班车里心不再空

想你缤纷的面容

轻装将你抚捧

夜色渐把晚妆描浓

揽你入怀中

回忆

想起

身旁你微笑的影像

就在昨日

滋润的回忆

甘甜若蜜

沉浸太深

却容易淹溺

想你太久

我忘记了呼吸

游离往昔

乐曲里尽是你专注的神情

冬日的午后

座位稍稀

两人倚坐

没有距离

阳光下落

温润安静

星空下的你

只有夜里

才能把你望清

也只有你

才能守住夜的安静

一直

不动不鸣

银亮的辉光

一点一滴

滴深了夜色

抹开眼前一片澄明

你在听

你在听什么

夜那么安静

从来没有过的透明

星星也远远得没什么临近

微风在轻唱

像夏夜的虫鸣

做你的一扇窗

敞开或者关上

你一直在听

我也听到了

你那么安静

做我的一片夜空

守住一片星

采我一遍又一遍的守望

余温

我把对你的回忆

都抛给了晨曦

以为那是最温暖的遗忘

奈何夕阳的泛红

染遍了天际

也要把你提起

来自西边的暖风

像从回忆里走出

揣着云霞

伴着潮汐

缓缓琴音

是你曾指尖轻抚的暖流

载着思念

像一句句

直扣心弦的诗

如期而至

你就这样从思念里流出

心里满是你炽热的余温

剪影

好像夜色也在欣赏

你那明净的表情

小心雕刻下深邃的影

好像

你的落影也在闪烁

轮廓里透着月的纹理

好像月色也染上了你

盈盈的神情

在夜里

剪尽了影

为你而眠

彻夜的美

照亮此时

孤独的心扉

你不在的深夜

远远海湾

灯那么碎

再忘我的酒醉

也梦不到

你的妩媚

情所以

深深入睡

不再

从此,你每天都吹的海风
成我再难寻得的味道
每日经过的路口
又恢复了车水人潮

从此,我每天都听的曲声
再没来自你独奏的音调
那些你手指触过的音符
越美越把思念显得徒劳

从此,雨就是雨
不再作诗的韵脚
酒依旧是酒
却日月难调

那些未曾说出口的
也都随散在风中
至此
想你成一种独特的情绪
浓却不再融于心跳

深情随晨雾变淡
碧蓝的天空绽放开全貌
和暖的光不再刺眼
铺洒在宝石蓝的海潮

那些嬉戏浅滩的印迹
随一页页海浪褪去
灵魂穿过纯白的云间
海天作寻觅已久的归巢

一排排海豚起跃洋面

像再次激起的心跳

我开始起航扬帆

比爱更早

从此望眼归于天际

不涨不消

今晨的阳光

有种陌生的温柔

琴声轻奏

再难忘掉

满满一捧的星

播撒在泛银的河心

星星是最听话的花种

总在有你的时候

若烟花繁盛

结尾的诗

241-245

诗对我说

倘若无人证明你是对的

你是否还会在漫漫冬夜

用心裹紧我

榨尽脑汁点起最后的灯火

用你似水的口吻

一次次问我而忘神

在银河流尽的星辰

你是否仍以此回我的发问

谢谢你

常把我带回群山

用你嶙峋的身体

跃过浅溪越过深林

我愿作游鸟停在你孤独的双肩

在那大风起处的山巅
却时有音律刺穿
你在听，我也应和
若你此时用衔接曲乐的心脉
向我表白
我即刻化成你迎风的翅膀
带你去那灼我最深的暖阳

多少次当你朦胧欲睡的时候
我曾来到桥头
一岸现实一岸絮梦
我就在桥上默默为你演奏

请别怪我偶尔那样扑朔
那是我在你梦的桥头结果

等你尝尽了繁华与尽落

我只希望

你依然有什么能紧紧相握

我不曾知道

还有谁细琢过我一处处的微妙

然而只要是你伏笔而思

就能听见那平静而热切的心跳